¡HOLA!

WRITTEN BY:

Candelario Garcia

ILLUSTRATED BY:

Mimi Lewis

 FriesenPress

Suite 300 - 990 Fort St
Victoria, BC, V8V 3K2
Canada

www.friesenpress.com

ISBN
978-1-5255-7831-1 (Hardcover)
978-1-5255-7832-8 (Paperback)
978-1-5255-7833-5 (eBook)

1. JUVENILE FICTION, SOCIAL ISSUES, EMIGRATION & IMMIGRATION

Distributed to the trade by The Ingram Book Company

I appreciate all who contributed to this project especially Holly and Cruz García, Mimi and Jason Lewis, Francisco and Guadalupe García, the entire García family, Melanie Winchester, and Susan Bowman. I am grateful to all my courageous students who have persevered through many different and often incredibly difficult challenges. You are an inspiration! I am especially thankful to God for His countless blessings.

PARTE #1:
¡Hola!

Hola, me llamo Javi Jalapeño.
Yo soy de Jalapa, Veracruz.
Veracruz es un estado en México.
¿Sabías que a las personas de Jalapa se les llama Jalapeños?
Yo soy bienvenido por todo el mundo
porque soy chiquito, pero picoso,
sabroso y saludable.
En mis viajes, he conocido a gente linda y muy interesante.
Quiero presentarte a algunos de ellos.
Pero, primero vamos a hablar de compadres.
Compadres son amigos muy especiales.
Luego, voy a compartir un poema contigo.
Y al ultimo, un adiós y una invitación.
Oh, y trata de figurar las palabras de color verde;
son cognados.
Cognados son palabras similares en dos lenguajes.
¿Estás listo?¡Sigue mis pasos!

Hi, my name is Javi Jalapeño.
I am from Jalapa, Veracruz.
Veracruz is a state in Mexico.
Did you know that people from Jalapa are called Jalapeños?
I am welcome all over the world
because I am small, and spicy,
savory, and healthy.
In my travels, I have met some beautiful and interesting people.
I want to introduce you to some of them.
But first, let's talk about "compadres".
Compadres are very special friends.
Afterwards, I want to share a poem with you.
Then, a farewell and an invitation.
Oh, and as you read, try to figure out the words in green;
they are cognates.
Cognates are words that are similar in two languages.
Are you ready? Follow my trails!

PARTE #2:
Compadres

¡Hablemos de compadres! Compadres son más que amigos. Es una relación que se forma entre los padres y los padrinos de un niño cuando es bautisado. Los padrinos se comprometen a ayudar con el crecimiento del ahijado (o la ahijada). La forma feminina de compadre es "comadre". ¿Puedes decir comadre? ¿Puedes pensar en un amigo o una amiga excepcional quien podría ser tu compadre o tu comadre?

Let's talk about compadres! Compadres are more than friends. It is a relationship that is formed between the parents and the Godparents of a child when they are baptized. The Godparents commit to helping with the upbringing of their "Ahijado/a" (God Child). The feminine form of compadre is "comadre". Can you say comadre? Can you think of an exceptional friend who could be your compadre or your comadre?

PARTE #3:

¡Aceptémonos uno al otro!– Let's be accepting of one another!

Orgullosamente comparto las siguientes historias de algunas personas asombrosas:

I am proud to share the following stories of some amazing people:

4

¡Hola!

Soy Francisco.

Mis amigos me llaman Pancho.

Soy de Durango, México.

Viajé solo en una larga jornada a los Estados Unidos.

¡Yo sólo tenía 15 años!

Aprendí mucho durante esta experiencia.

Mi Papá me enseñó a respetar la "Regla de oro".

¿Tú la conoces?

¡Trata a otros como quieres ser tratrado!

También aprendí a ponerme en el lugar de otros, e incluir a todos.

Para llegar a los Estados Unidos, caminé muchas millas y trabajé mucho.

Al final, me establecí en Pueblo, Colorado.

"Pueblo" significa "town" o "people" en español.

En Pueblo, trabajé en una granja.

Muchos años después, aún trabajo en una granja.

Mi granja está cerca de Denver.

¿Te gustaría vivir en una granja?

He criado a ocho hijos y ahora tengo muchos nietos.

Nos encanta pasar tiempo en nuestra granja.

Montamos los caballos y hacemos muchas otras cosas interesantes.

Trabajamos los campos, usamos los tractores, asistimos las gallinas, las vacas, las llamas y el resto de los animales.

¿Sabías que las llamas espantan a los coyotes?

En nuestra granja hacemos parrilladas.

Nuestras parrilladas son una gran fiesta.

Comemos y cantamos.

Estamos muy contentos disfrutando tiempo con familia.

¡Adios!

Hello,

I am Francisco.

My friends call me Pancho.

I am from Durango, Mexico.

I traveled alone on a very long journey to the United States.

I was only 15 years old!

I learned so much during this experience!

My Papa taught me to respect the "Golden Rule".

Do you know it?

Treat others as you want to be treated.

I was also taught to put myself in the place of others, and include everyone.

To get to the United States, I walked many miles and worked much!

I finally settled in Pueblo, Colorado.

Pueblo means "town" or "people" in Spanish.

While in Pueblo, I worked at a farm.

Many years later, I still work as a farmer!

My farm is near Denver.

Would you like to live in a farm?

I have raised eight kids and now I have many grandkids.

We love spending time on the farm.

We ride horses and do many other interesting things.

We work the fields, ride tractors, feed the chickens, cows, llamas, and the rest of the animals.

Did you know that llamas scare away coyotes?

On our farm, we BBQ.

Our BBQs are a grand party!

We sing and eat.

Best of all we are content spending time with family.

Goodbye!

¡Buenos días!

Soy Guadalupe.

Nací en Zacatecas, México.

Tengo seis hermanos y cuatro hermanas.

Mi hermana Licha murió hace unos años ¡La extraño!

Yo soy la mayor.

¿Cuántos hermanos tienes tú?.

¡Mis hermanos tienen apodos divertidos!

Nuestro hermano mayor es Miguel; le llamamos Chato.

El menor es Refugio; le llamamos Cuco.

Mis otros hermanos son Kiko, Mico, Cata, y Chuy.

Mis hermanas son Leti, Yoli, y Coco.

Los pueblos de México son conocidos por sus plazas animadas.

¿Puedes describir tu Pueblo?

En las plazas, hay lindas iglesias y parques.

Me encanta visitar el centro de la ciudad de Zacatecas.

¡Hay una iglesia en cada esquina!

Aunque tengo muchos amigos en mi vecindad, mi actividad favorita es cocinar con mi mamá.

Mi mamá me enseñó a disfrutar, reír, y a ser positiva.

También me enseñó a cocinar tortillas a mano, tamales, chiles rellenos, y mole de pollo.

¿Tienes un restaurante de comida Mexicana favorito?

Mi mama y yo organizamos posadas durante la Navidad.

Yo quiero pasar recetas y tradiciones a mis hijos y nietos algún día.

Es muy importante para mi no olvidar nuestras tradiciones.

¡Vaya con Dios!

Good morning,

I am Guadalupe.

I was born in Zacatecas, Mexico.

I have six brothers and four sisters.

My sister Licha died a few years ago. I miss her!

I am the oldest.

How many brothers and sisters do you have?

All my siblings have fun nicknames!

My oldest brother is Miguel; we call him Chato.

The youngest is Refugio; we call him Cuco.

My other brothers are Kiko, Mico, Cata, and Chuy.

My sisters are Leti, Yoli, and Coco.

The towns in Mexico are known for their lively plazas.

Can you describe your town?

In the plazas you will find beautiful churches and parks.

I love to visit the center of the city of Zacatecas.

There is a church on every corner!

Although I have very good friends in my neighborhood, my favorite thing to do is to cook with my mom.

My mom has taught me to enjoy life, laugh, and be positive.

She also taught me how to cook tortillas by hand, as well as tamales, chiles rellenos, and chicken mole.

Do you have a favorite Mexican dish or restaurant?

My mom and I organize "posadas" at Christmas.

I want to pass recipes and traditions on to my kids and grandkids someday.

I want to do my part to see these are not forgotten!

May you go with God!

¿Qué tal?

Me llamo Mari.

Vivo en Chicago.

Mi papá es de Guanajuato, México.

Mi mamá es de Durango, México.

¿Puedes encontrar Guanajuato y Durango en el mapa?

Mi papá quiere regresar a Guanajuato.

Dice que ¡Guanajuato es lindo!

Además casi toda su familia vive ahí.

Mi mamá dice que Chicago es mejor.

Su familia entera vive aquí.

Ella nunca ha viajado fuera del estado.

¿A qué lugares has viajado tú?

Aunque mis papás no siempre están de acuerdo,
se tratan con respeto.

Amigos nunca se deben humillar uno al otro.

Yo no conozco Guanajuato.

Para mi, ¡Chicago es la mejor ciudad!

Tengo muchas amigas en mi escuela
y también en mi vecindario.

Si alguna de mis amigas es maltratada,
Yo la defiendo o pido a un adulto de confianza
que ayude.

¿Alguna vez tú tuviste que defender a tu amigo
o amiga?

Me encanta jugar en mi patineta con mis amigas.

También me encanta ir de pesca.

Pero, sobre todo,
me encanta ir a los partidos de los Cachorros con
mi papá.

¡Ahí te miro!

What's up?

My name is Mari.

I live in Chicago.

My papa is from Guanajuato, Mexico.

My mom is from Durango, Mexico.

Can you find Guanajuato and Durango on the map?

My papa wants to go back to Guanajuato.

He says Guanajuato is beautiful.

Besides, his entire family still lives there.

My mom says Chicago is better.

Her entire family lives here.

She has never traveled outside of our state.

What places have you traveled to?

Although my mom and papa don't always agree,
they treat each other with respect.

Friends should never humiliate each other.

I would love to travel to Guanajuato and meet
papa's family.

Then come right back to Chicago, the greatest city in
the world!

I have many friends at school and in my neighborhood.

If I ever feel that my friends are not being treated nicely,
I stand up for them or ask a trustworthy adult for help.

Have you ever had to stand up for a friend?

I love to skate with my friends.

I also love to go fishing.

Most of all, I love going with my papa to watch the Cubs!
See you!

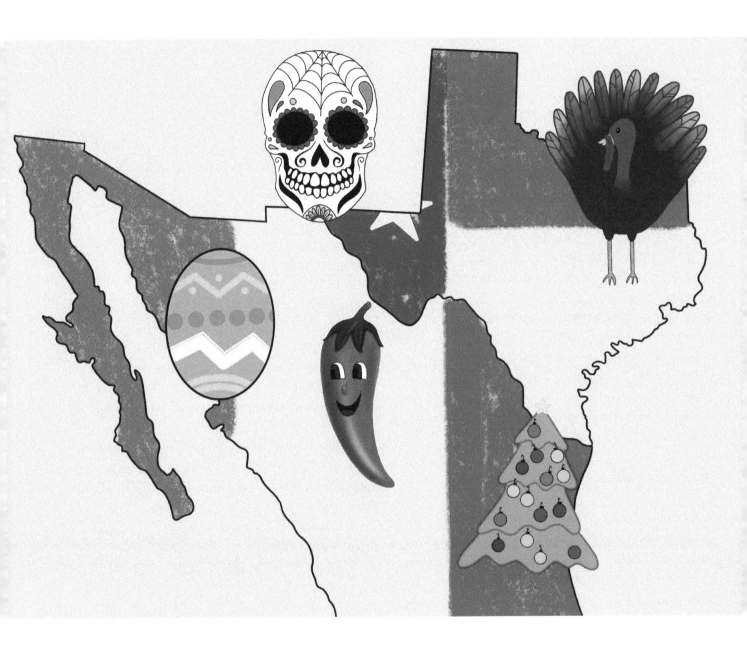

¿Cómo estás?

Soy Jenna.

Vivo en San Miguel de Allende.

Es un Pueblo en Guanajuato, México.

Mis padres y yo nacimos en Texas.

Texas no siempre ha formado parte de los Estados Unidos.

¿Sabías que antes, varios estados pertenecían a México?

Colorado, Nuevo Mexico, Arizona, California, Nevada y otros.

Aunque somos de Texas,

en mi familia nos hablamos español en público, pero inglés en casa.

Es importante practicar ambas lenguas.

¡Me encanta vivir en México!

Especialmente durante Pascuas, Navidad, y Día de los Muertos.

¡Nuestros desfiles y quermeses son sorprendentes!

Siempre viajamos a Texas para el Día de Gracias.

Me gusta pasar tiempo con familia.

Comemos pavo, camote, ejotes,

y puré de papas con grave. ¡Es delicioso!

Paso tiempo en ambos países.

Por lo tanto, tengo cuidado de ser una amiga respetuosa.

No presiono, ni me dejo presionar negativamente.

Siempre anticipo mi regreso a San Miguel de Allende por que me encanta el parque y el Mercado.

También me encantan los paseos por la plaza.

Nunca me los pierdo los Domingos por la tarde.

¡Hasta luego!

How are you?

I am Jenna.

I live in San Miguel de Allende

A marvelous town in the state of Guanajuato, Mexico.

My parents and I were born in Texas

Texas was not always part of the United States.

Did you know that several current states were part of Mexico?

Colorado, New Mexico, Arizona, California, Nevada, and others.

Even though we are from Texas,

my family speaks Spanish to each other in public but English at home.

It is important to practice both languages.

I love living in Mexico

Especially during Easter, Christmas, and the Day of the Dead.

¡Our parades and church celebrations (called "Quermeses") are impressive!

We always travel to Texas for Thanksgiving.

I enjoy time with family.

We eat turkey, yams, green beans, and mashed potatoes with gravy, it's delicious!

Since I spend time in two countries,

I am careful to be respectful; I do not put pressure on my friends.

I do not allow others to peer pressure me.

After Thanksgiving, I always anticipate getting back home.

I love walking to the park and to the market.

I also love Sunday afternoon strolls around the plaza.

I never miss them.

So long!

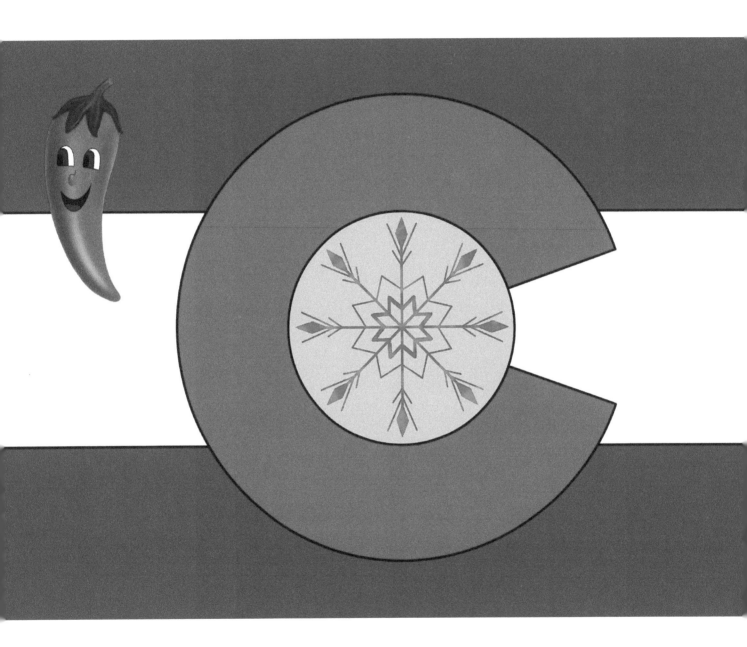

12

¿Qué onda?

Me llamo Dolores.

Mis amigos me llaman Lola.

Dolores es el nombre de mi abuela.

Significa "birth pains" en español.

Yo vine a Colorado a los diez años.

Aprendí inglés con mis amigas Carmen y Klarissa.

Ellas eran buenas amigas.

Me tenían paciencia y

me escuchaban.

Mi profesor de quinto grado era Mr. Thut, era

mi favorito.

¿Quién es tu profesor favorito?

La Señora Rogers era mi tutora.

Me ayudaba a practicar el inglés.

Mis profesores y mis compañeros de clase

eran muy simpáticos.

Siempre me querían ayudar.

Pero no hacían el trabajo por mi.

Creían en mi que yo podía.

¡Buenos amigos deben cargar su propio peso!

Mi memoria favorita fue una tormenta de nieve

cuando ¡cayó más de dos pies!

Ocurrió en Halloween

mientras pedíamos dulces.

¡Fue épico; yo nunca había visto nieve antes!

También me gusta la Navidad, el Cuatro de Julio

y mi cumpleaños.

¡Que divertido!

¡Chao!

How is it going?

My name is Dolores.

My friends call me Lola.

Dolores was the name of my "abuela".

That is Spanish for grandmother.

Dolores means "birth pains" in Spanish.

I came to Colorado when I was ten years old.

I mostly practiced English with my friends Carmen
and Klarissa.

They were very good friends
who were always patient and helpful with me.

My fifth-grade teacher was Mr. Thut, he was my favorite!

Who is your favorite teacher?

Mrs. Rogers also took time to tutor me.

She focused on teaching me English.

My teachers and friends were very caring.

They loved to help,
but, they encouraged me do my own work.

They believed that I could do it.

Friends should carry their own weight.

My most memorable day was a snow storm
when more than two feet of snow fell on Halloween.

It happened while we were trick or treating.

It was epic!

I had never seen snow before!

I also love other holidays
such as Christmas and the Fourth of July.

Oh, and my birthday!

How fun!

Goodbye!

¡Buenas! Me llamo Gabriel.

Soy de Taos, Nuevo México.

Mis antecedentes son de España.

Mi familia entera habla español.

En Taos, hay Indígenas que hablan Tiwa.

Ellos viven en el Pueblo de Taos.

Puedes visitar el Pueblo ¡Es maravilloso!

Muchos Nuevo Mexicanos hablamos "Espanglish".

Es una mezcla de español e inglés.

Es útil porque unas palabras son más precisas

en una lengua que en la otra.

Nuevo México es muy rico en cultura.

Mi familia está muy orgullosa de nuestra historia.

La gente y sus tradiciones son muy especiales.

Te invito a visitarme.

¡Solo sigue mis pasos!

Hello! I am Gabriel.

I am from Taos, New Mexico.

My ancestors are from Spain.

My entire family speaks Spanish.

In Taos, there are Native Americans who speak Tiwa.

They live in the "Pueblo de Taos".

You can visit the "Pueblo", it is marvelous!

Many New Mexicans speak "Spanglish".

A mix of Spanish and English.

It's useful because some words are more precise

in one language than the other.

New Mexico is very rich in culture.

My family is very proud of our history.

Our people and our traditions are very special.

I invite you to visit me.

Just follow my trails!

¿Qué hay?
Me llamo Sergio.
Yo nací en Denver, Colorado.
Ahora vivo en Greeley.
Vivo con mi Tío, mi Tía,
y mis Primos.
Nos llevamos muy bien.
Ellos son muy amables.
También son muy generosos conmigo.
Como soy invitado en su hogar,
siempre intento actuar con respeto.
Yo respeto las reglas
y el hogar en general.
Con familia y amigos a veces necesitamos perdonar y
otras veces es importante pedir perdón.
Yo admito que no siempre tengo la razón.
Mis papás están en México.
Ellos no me pueden visitar.
¡Los extraño muchísimo!
No sé cuando podré verlos,
pero nos comunicamos a menudo.
Mis padres quieren que yo estudie aquí en EEUU.
Voy a trabajar muy duro para ellos.
Quiero crear un futuro exitoso
para poder verlos otra vez.
¡Quiero que estén tan orgullosos de mi,
como yo de ellos!
¡Cuídate!

What's up?
My name is Sergio.
I was born in Denver, Colorado.
Now I live in Greeley.
I live with my aunt, my uncle,
and my cousins.
They are all very generous
and kind with me.
Since I am a guest in their home,
I try to always act respectfully.
I respect the rules
and the home in general.
Relationships work better if we are willing to forgive,
and when necessary, ask for forgiveness.
I can admit that I am not always right.
My parents are presently in Mexico.
They cannot visit me.
I miss them badly!
I don't know when I will be able to see them,
but we communicate often.
My parents want me to study in the United States.
I am going to work very hard for them.
I want to create a successful future
so I can see them again.
I want them to be as proud of me
as I am of them!
Take care!

¿Cómo está Usted?

Me llamo Lalo.

Vivo en Los Ángeles.

"Los Angeles" significa "The Angels" en español.

Lalo es corto para Candelario.

Candelario es el nombre de mi abuelo.

Yo soy de Zacatecas, México.

Zacatecas está al norte del país.

Vine a los Estados Unidos

con mis hermanos y hermanas.

Mi papá ya vivía aquí.

Antes de arrivar en los Estados Unidos,

solo veía a mi Papá en Navidad.

Un día, mi maestra de quinder me dió un examen.

Me pidió que dibujara a mi papá.

Yo intenté pero no pude,

¡no me acordaba como era!

¿Puedes describir a tú papá?

Al principio, la escuela era muy difícil, ¡nadie hablaba español!

Pero, ahora me encanta mi escuela.

Aprendo inglés y conocí a muchos amigos.

Mi mejor amiga se llama Holly.

Ella es de Massachusetts.

Me gustaría visitar Massachusetts.

Quiero mucho a mi mejor amiga.

¡Es bonita y simpática!

Es maravillosa y me gusta tal como es.

¡Buenas noches!

How are you?

My name is Lalo.

I live in Los Angeles.

Los Angeles means "The Angels" in Spanish.

Lalo is short for Candelario.

Candelario is my grandfather's name.

I am from Zacatecas.

Zacatecas is North of Mexico.

I came to the United States

with my brothers and sisters.

My dad already lived here.

Until I got to live in the US,

I only got to see my dad at Christmas.

One day my Kindergarten teacher gave me an exam.

She asked me to draw my dad.

I tried very hard, but I could not

since I could not remember what he looked like.

Can you describe your dad?

At first, school in the USA was difficult, no one spoke Spanish there.

I grew to love my school.

I have learned English and made many friends.

My best friend's name is Holly.

She is from Massachusetts.

I would like to visit Massachusetts.

I love my best friend.

She is pretty and nice!

She is marvelous and I like her just as she is.

Good night!

¡Saludos! Me llamo Luz.

Luz significa "light".

Yo soy de El Salvador.

"El Salvador" significa "The Savior".

Está en Centroamérica.

Antes, yo iba a la playa con mis amigos.

Pero un dia, mi mamá y yo partimos para Guatemala, luego para México.

Ahora vivo en los Estados Unidos y trabajo en los campos.

Espero poder quedarme aquí para siempre.

¡Extraño a mis amigos y a mi familia!

Pero aquí puedo estudiar.

Soy muy positiva y trabajadora.

Quiero ser una enfermera.

Me gusta ayudar a la gente.

¡Nos vemos!

Greetings! My name is Luz.

Luz means light.

I am from El Salvador.

El Salvador means "The Savior".

It is in Central America.

I used to go to the beach with my friends.

But, one day my mom and I departed for Guatemala, then for Mexico.

Now I live in the United States and I work in the fields.

I hope to stay here forever.

I miss my friends, and family but, here I can study.

I am positive and hard working

I want to become a nurse.

I love to help people.

I'll see you!

¿Qué pasa?
Me llamo Mimi.
Tengo un perro.
Mi perro se llama Bentley.
Es un perro muy travieso.
Tiene mucho pelo.
Su pelo es blanco y negro.
Y es extremamente suave.
Tengo un hermanito.
Mi hermanito se llama Cruz.
Yo cuido de Cruz.
Estoy segura que soy su héroe.
¿Tú tienes un hermanito?
Yo vivo en Colorado.
Colorado significa "red" en español.
Rojo también significa red.
La tierra en partes de Colorado es "roja".
El río tambien es "rojo".
Mi papá es un profesor.
Mi mama es dueña de un negocio.
Yo estoy aprendiendo español.
Mis padres piensan que me va a ayudar en el futuro.
Cruz, y yo practicamos con mamá y papá
pero, ¡es muy difícil!
Mis primas y mis "abuelitos" hablan español.
Cuando no comprendo, me ayudan en inglés.
¡Me encanta conversar con ellos!
¡Suerte!

What's happening?
My name is Mimi.
I have a dog.
My dog's name is Bentley.
He is mischievous.
Bentley has long fur.
It is black and white
and extremely soft!
I have a little brother.
My little brother's name is Cruz.
I take good care of Cruz.
I am sure I am his hero.
Do you have a brother?
I live in Colorado.
Colorado means "red" in Spanish.
"Rojo" also means red.
The dirt in parts of Colorado is red.
The Colorado River is also red.
My dad is a teacher.
My mom is a business owner.
I am learning Spanish.
My parents think it will help me in the future.
Cruz and I practice Spanish with mom and dad.
However, it is very difficult.
My cousins and my grandparents speak Spanish.
When I don't understand, they help me in English.
I love talking with them!
Good luck!

¿Qué pasó?

Me llamo Dulce.

Dulce significa "sweet" en español.

Nací en Chihuahua.

Chihuahua está al norte de México.

Fui adoptada y ahora vivo en Nevada.

Nevada significa "snowy" en español.

Mis nuevos padres son maravillosos.

Ellos me quieren mucho.

Me llevan a visitar a mi país nativo.

También me llevan a la escuela.

Entre muchas otras cosas,

me están enseñando inglés.

Cuando yo sea grande, quiero ser como mi mamá.

¡Ella es admirable y trabajadora!

¡Bye!

What's going on?

My name is Dulce.

Dulce means "sweet" in Spanish.

I was born in Chihuahua.

Chihuahua is located in Northern Mexico.

I was adopted and now I live in Nevada.

Nevada means "snowy" in Spanish.

My parents are marvelous.

They love me very much!

They take me to visit my native country often.

They also take me to school.

Among many things,

they are teaching me English.

When I grow up, I want to be like my mom.

She is admirable and hardworking!

Bye!

USA

¿Qué hubo?
Mi nombre es Mani.
Tengo catorce años.
Vivo en Montana, EEUU.
Montana significa "mountain" en español.
Vivo con mis padrinos, los compadres de mis papás.
¡Son muy buenos con migo!
Ellos son mis guardianes por que mi familia vive
en Chile.
Chile está muy lejos,
mi familia no puede visitarme.
Vi a mis papás hace seis años.
Cuando más los extraño,
hablo con ellos por teléfono.
A veces por correo electrónico.
Cuando sea doctor, los voy a visitar.
¡Hasta pronto!

What's happening?
My name is Manny.
I am fourteen years old.
I live in Montana, USA.
Montana means "mountain" in Spanish.
I live with my Godparents, my parent's "compadres".
My "padrinos" are good to me!
They are my guardians because my family lives
in Chile.
Chile is very far away;
my family cannot visit.
I have not seen my parents in six years.
When I miss them most,
I call them on the telephone.
Sometimes I email them.
When I become a doctor, I am going to visit them.
See you soon!

PARTE #4:
Nunca He

Te he hablado de cosas que he hecho. Ahora voy a compartir cosas que nunca he hecho.

Este poema consiste de memorias de varias personas importantes para mi.

Tú también puedes escribir un poema similar. Te reto a que escribas poemas, historias, diarios, o ideas. Vas a encontrar que es muy divertido.

I have spoken to you about things I have done. Now I want to share things that I have not done.

This poem is a compilation of memories of various people who are special to me.

You too can write a similar poem. I challenge you to write poems, stories, diaries, or ideas. You will find that it can be very fun.

NUNCA HE-NEVER HAVE I EVER

Nunca he montado un elefante
I have never had a ride on an elephant

nunca he inventado algo brillante
I have never invented anything brilliant

nunca he volado rumbo al sol
I have never flown toward the sun

nunca he matado un árbol
I have never ever killed a shrub

nunca he escalado una montaña
I have never scaled a mountain

Ni me he trepado por una tela de araña
nor climbed a spider web, I'm certain

nunca he visitado la luna
I have never visited the moon

nunca he dormido en su suave cuna
I have never slept in its soft cocoon

el mundo físico tiene un invisible techo
The physical world has an invisible ceiling

pero en mi imaginación todo he hecho
yet, in my mind, I've done it all, I have a feeling

PARTE #5:
Te invito

Muy pronto podrás leer la verdadera historia de Francisco y Guadalupe quienes inspiraron a Javi el Jalapeño. También conocerás mi historia de como llegué a conocer a Holly de Massachusetts quien llegó a ser mi esposa y la madre de nuestros hermosos hijos, Mimi y Cruz. También conocerás a nuestros compadres, primos, sobrinos, vecinos y muchas personas más con historias difíciles de creer. ¡Sigue mis pasos!

Atentamente,
Tu Compadre-Candelario García

Soon you will be able to read the true immigrant story of Francisco and Guadalupe who inspired Javi Jalapeño. As well as my story and details of an unlikely encounter with Holly from Massachusetts who eventually became my wife and the mother of our beautiful children, Mimi and Cruz. You will also get to know our compadres, cousins, nephews, neighbors, and many others with stories that are hard to believe. Follow my trails!

Sincerely,
Your friend, Candelario García

¡Hola otra vez! Javi el Jalapeño aquí. Aqui tienes una lista de consejos. Tal vez los viste mientras leías las historias de mis amigos. Estos te servirán, no importa la situación.

Siempre piensa en la regla de oro:
"¡Trata a otros como tu quieres ser tratado!"
¡Ponte en el lugar de otros!
¡Incluye a todos!
Si ves a alguien que come solo, ¡invítalo!
Si ves a alguien que se sienta en clase solo, ¡inclúyelo!
¿ves a alguien que es maltratado o le hacen bully?
¡Defiéndelo o exige a un adulto que ayude!
¡Comparte con tus amigos!
¡Sé positivo y comprensivo!
¡Diviértete, riete (hasta de ti mismo)!
¡Comparte chistes apropiados!
¡Di lo que tienes en mente, pero no humilles ni discutas!
No siempre tienes la razón, ¡Reconoce cuando estás equivocado!
¡Eres maravilloso tal como eres, no necesitas cambiar!
¡Aprende a perdonar y a olvidar; pero también aprende a pedir perdón!
¡Siempre habla de tus amigos como si estuvieran presentes!
¡Dales complementos!
¡Ten paciencia!
¡Escucha lo doble que hablas; tenemos dos orejas y solo una boca!
¡No seas celoso; alégrate por los demás!
¡Sé honesto!
¡Da más de lo que tomas!
¡Sé humilde y no egoísta!
¡Cuando trabajen juntos, cada quien haga su parte!
¡No te dejes influir negativamente;
¡No presiones a tus amigos!
En corto, ¡Sé respetuoso!
¡Cuida a tus amigos; son un regalo!

Hello again! Javi Jalapeño here. Here is a list of the advice you may have noticed as you were reading the stories of my friends. These will serve you well, no matter the situation.

Always abide by the golden rule:
"Treat others as you would like to be treated!"
Always put yourself in the place of others.
Include everyone!
If you see someone eating alone, join them!
If you see someone sitting alone in class, include them!
Introduce yourself and your friends!
Do you see someone being bullied?
Stand up for them or ask an adult for help!
Share with your friends!
Be positive and understanding!
Have fun, laugh (even at yourself)!
Share appropriate jokes!
Speak your mind, but don't humiliate or argue!
Recognize when you are wrong; you do not always have to be right!
You are amazing just as you are, you don't need to change!
Learn to forgive and forget, but also to apologize!
Always speak about your friends as if they were present!
Speak positively!
Give compliments!
Be patient!
Listen twice as much as you speak; we have two ears and one mouth!
Don't be jealous; be happy for others instead!
Be honest!
Give more than you take!
Be humble and unselfish!
Share the work; everyone should carry their own weight!
Don't give into peer pressure!
Don't pressure your friends!
In short, be respectful!
Take care of your friends, they are a gift!

COGNATES

Aceptar (ah-sehp-tahr)-To accept

Actividad (ahk-tee-bee-dahd)-Activity

Actuar (ahk-twahr)-To Act

Admirable (ahd-mee-rah-bleh)-Admirable

Admito (ahd-mee-toh)-I Admit

Adoptada (ah-dohp-tah-dah)-Adopted

Adulto (ah-dool-toh)-Adult

Animada (ah-nee-mah-dah)-Animated

Animales (ah-nee-mahl-ehs)-Animals

Anticipo (ahn-tee-see-poh)-I Anticipate

Arrivar (ah-ree-bahr)-To arrive

Asistir (ah-sees-teer)-To assist (to feed)

Bautisado (bow-tee-sah-doh)-Baptized

Brillante (bree-yahn-teh)-Brilliant

Clase (klah-seh)-Class

Cognados (kohg-nah-dohs)-Cognates

Color (koh-lohr)-Color

Comunicar (koh-moo-nee-kahr)-To communicate

Confianza (kohm-fyahn-sah)-Confidence

Consiste (kohn-sees-teh)-Consists

Contentos (kohn-tehn-tohs)-Content

Conversar (kohn-behr-sahr)-To converse

Crear (kreh-ahr)-To create

Cultura (kool-too-rah)-Culture

Defender (deh-fehn-dehr)-To defend

Delicioso (deh-lee-syoh-soh)- Delicious

Describir (dehs-kree-beer)-To describe

Día (dee-ah)-Day

Diarios (dyah-ryohs)-Diaries

Difícil (dee-fee-seel)- Difficult

Doctor (dohk-tohr)-Doctor

Durante (doo-rahn-teh)-During

*Electrónico (eh-lehk-troh-nee-koh)-Electronic

Elefante (eh-leh-fahn-teh)-Elephant

En Centroamérica (ehn sehn-troh-ah-meh-ree-kah)-In

Central America

En español (ehn ehs-pah-nyohl)-In Spanish

En general (ehn heh-neh-rahl)-In general

En Partes (ehn pahr-tehs)-In Parts

En (ehn)-In

Entera (ehn-teh-rah)-Entire

Épico (eh-pee-koh)-Epic

Es (ehs)-Is

Escalado (ehs-kah-lah-doh)-Scaled (climbed)

Escuela (ehs-kweh-lah)-School

España (ehs-pah-nyah)-Spain

Espanglish (ehs-pahn-gleesh)-Spanglish

Español (ehs-pah-nyohl)-Spanish

Especial (ehs-peh-syahl)-Special

Especialmente (ehs-peh-syal-mehn-teh)-Especially

Estado (ehs-tah-doh)-State

Estados Unidos (ehs-tah-dohs oo-nee-dohs)-
United States

Estudiar (ehs-too-dyahr)-To study

Exámen (ehk-sah-mehn)-Exam

Excepcional (ehk-sehp-syoh-nahl)-Exceptional

Experiencia (ehks-peh-ryehn-syah)-Experience

Extremamente (ehks-treh-mah-mehn-teh)-Extremely

Entera (ehn-teh-rah)-Entire

Familia (fah-mee-lyah)-Family

Favorita (fah-boh-ree-tah)-Favorite (feminine)

Favorito (fah-boh-ree-toh)-Favorite (masculine)

Figurar (fee-goo-rahr)-To figure

Físico (fee-see-kho)-Physical

Forma (fohr-mah)-Form

Futuro (foo-too-roh)-Future

Generoso (heh-neh-roh-soh)-Generous

Gran (grahn)-Grand

Grave/Salsa (grah-beh/sahl-sah)-Gravy/sauce

Guardianes (gwahr-dyahn-ehs)-Guardians

Ha Formado (ah fohr-mah-doh)-Has formed

Héroe (eh-roh-eh)-Hero

Historia (ees-toh-ryah)-History

Historias (ees-toh-ryahs)-Stories

Humillar (oo-mee-yahr)-To humiliate

Ideas (ee-deh-ahs)-Ideas

Imaginación (ee-mah-hee-nah-syohn)-Imagination

Importante (eem-pohr-than-teh)-Important

Incluir (eeng-klweer)-To include

Indígenas (een-dee-heh-nahs)-Indigenous

Inglés (eeng-glehs)-English

Intento (een-tehn-toh)-Intent

Interesante (een-teh-reh-sahn-teh)-Interesting

Inventado (eem-behn-tah-doh)-Invented

Invisible (eem-bee-see-bleh)-Invisible

Invitación (eem-bee-tah-syohn)-Invitation

Invito (eem-bee-toh)-I invite

Jalapeño (hah-lah-peh-nyoh)-Jalapeno

Jornada (hohr-nah-dah)-Journey

Larga (lahr-gah)-Large

Lenguajes (lehng-gwah-heh)-Languages

Mamá (mah-mah)-Mama

Mapa (mah-pah)-Map

Maravillosa (mah-rah-bee-yoh-sah)-Marvelous

Me (meh)-Me

Memorias (meh-moh-ryahs)-Memories

Mercado (mehr-kah-dohs)-Market

México (meh-hee-koh)-Mexico

Mi (mee)-My

Millas (mee-yahs)-Miles

Montaña (mohn-tah-nyah)-Mountain

Mucho (moo-choh)-Much

Necesidad (neh-seh-see-dahd)-Necessity

Necesitar (neh-seh-see-tahr)-To need

Negativamente (neh-gah-tee-bah-mehn-teh)-negatively

No (noh)-No

Norte (nohr-teh)-North

Ocurrió (oh-koo-ree-oh)-Ocurred

Organizó (ohr-gah-nee-soh)-Organized

Otro (oh-troh)-Other

Paciencia (pah-syehn-syah)-Patience

Padres (pah-drehs)-Parents

Papá (pah-pah)-Papa

Parque (pahr-keh)-Park

Parte (pahr-teh)-Part

Partir (pahr-teer)-To part

Pasar (pah-sahr)-Pass

Personas (pehr-soh-nahs)-Persons

Plaza (plah-sah)-Plaza

Poema (poh-eh-mah)-Poem

Positiva (poh-see-tee-bah)-Positive

Practicar (prahk-tee-kahr)-To practice

Precisa (preh-see-sah)-Precise

Presiono (preh-syoh-noh)-I Pressure

Profesor (proh-feh-sohr)-Profesor (teacher)

Público (poo-blee-koh)-Public

Quinder (keen-dehr)-Kindergarten

Recetas (rreh-seh-tahs)-Recipes

Regresar (rreh-greh-sahr)-To regress (return)

Relación (rreh-lah-syohn)-Relation

Respetar (rrehs-peh-tahr)-To respect

Respeto (rrehs-peh-toh)-Respect

Respetuoso (rrehs-peh-twoh-soh)-Respectful

Restaurante (rrehs-tow-rahn-teh)-Restaurant

Resto (rrehs-toh)-Rest

Rico (rree-coh)-Rich

Sabroso (sah-brroh-soh)-Savory

Similar (see-mee-lahr)-Similar

Sorprendientes (sohr-prehn-dehn-tehs)-Surprising

Teléfono (teh-leh-foh-noh)-Telephone

Tiempo (tyehm-poh)-Time

Tortillas (tohr-tee-yahs)-Tortillas

Tractores (trahk-duhr-ehs)-Tractors

Tradiciones (trah-dee-syohn-ehs)-Traditions

Tratando (trah-tahn-doh)-Trying

Tutora (too-toh-rah)-Tutor

Varios (bah-ryohs)-Various

Vecindad (beh-seen-dahd)-Vicinity (neighborhood)

Visitado (bee-see-tah-doh)-Visited

Visitarme (bee-see-tahr-meh)-Visit me

CPSIA information can be obtained
at www.ICGtesting.com
Printed in the USA
LVHW072329220920
666819LV00033B/1035